¡Apúntate! 4

Manuel Vila Baleato

El otro Camino

Unter www.cornelsen.de/codes gibt es zum kostenlosen Download:
– das Hörbuch zu *El otro Camino*
– passende Arbeitsblätter.
Gib einfach folgenden Webcode ein: **vexado**

Cornelsen

Los capítulos

1 Belén: Santiago de Compostela, ¡allá vamos!

Belén llama a la puerta de la oficina del director del instituto donde trabaja como profesora de Educación Física. Cuando entra, Mario Martínez la saluda y le sonríe, mientras todavía escribe un correo electrónico en su ordenador:

—¡Pasa, Belén, pasa! Ahora mismo estoy contigo.
Con una carpeta en la mano, Belén se acerca y se sienta en la silla que está enfrente del escritorio del director. Después de escribir la última palabra, Mario se prepara por fin para escuchar a su colega:

—Disculpa, ¡ya está! Ya sabes, la preparación de la fiesta de fin de curso… La estoy organizando yo solo y es un montón de trabajo. Solo faltan dos meses y quiero tener todo listo antes de terminar esta semana…
—Claro, comprendo. Tranquilo, no te voy a molestar mucho tiempo. Solo te quería dar la información sobre la excursión de fin de curso de nuestro grupo de parkour para recibir oficialmente el permiso de la dirección del instituto —dice Belén y le acerca la carpeta.
El director toma la primera hoja para leer la información general sobre el proyecto:

Instituto
de Educación
Secundaria Piovera

Comunidad
de
Madrid

Centro: Instituto Piovera.
Actividad: Camino de Santiago
Clase: Grupo de parkour (actividad extraescolar)
Responsable: Belén Rodríguez
Fechas: Las dos primeras semanas de las vacaciones de verano (junio/julio).

Descripción: Los siete alumnos que participan en el grupo de parkour, con su profesora responsable, Belén Rodríguez, planean una excursión extraescolar de 15 días.
Objetivo: No solo es hacer deporte, sino también aprender sobre la importancia del trabajo en equipo. Empezamos en la ciudad de León y llegamos a Santiago unos 15 días más tarde. El grupo planea recorrer los últimos 300 kilómetros del Camino de Santiago. Hacer el Camino a Santiago de Compostela les permite a los chicos vivir una gran experiencia durante dos semanas.

Después de leer con atención un par de hojas de la carpeta, el director mira a Belén con una sonrisa:

—La verdad es que parece una experiencia muy atractiva. No creo que haya ningún problema, pero lo tengo que comprobar todo tranquilamente. ¿Has hablado ya con los padres?
—Sí, claro. La semana pasada organicé un encuentro para informar a los familiares de los alumnos. A todos les gustó mucho la idea.
—No me sorprende, es un proyecto maravilloso, sobre todo por contar contigo como responsable. Yo también tengo ganas de hacer el Camino con mi familia desde hace tiempo —admite el director.
—Bueno, creo que nosotros no somos los típicos peregrinos… Pero quiero que los chicos disfruten de la experiencia y que piensen un poco en su vida y en su futuro —comenta Belén.
—Eres la profesora perfecta para una excursión así. Estoy seguro de que todo va a ir genial. En los próximos días te doy la respuesta, pero me imagino que no va a haber ningún problema.

Belén le da las gracias al director y sale de su oficina muy contenta.

2 Valeria: La mochila para el Camino

Después de un curso escolar bastante duro, Valeria por fin puede prepararse para las vacaciones. Y este verano empiezan muy bien, porque ella y sus compañeros van a hacer con su grupo de parkour una excursión extraescolar de dos semanas.

Al principio ella y sus amigas Antía y Claudia no tenían muchas ganas, porque el plan no les parecía muy atractivo... «¿Quién quiere caminar dos semanas en verano con una mochila a la espalda, en lugar de estar en la playa bajo el sol?», pensaba Valeria cuando hablaban del tema en el grupo. Lo que a ella le gustaría de verdad es viajar a Mallorca con Álex, su novio. Pero Valeria también sabe que los dos tienen 15 años y que sus padres todavía no les permiten viajar solos.

Por eso la propuesta de hacer el Camino de Santiago sí le pareció una buena idea. Sus amigas y Álex están en el grupo de parkour y la verdad es que ella también tiene muchas ganas de conocer Galicia. Además, Belén es una profe supermaja y siendo ella la que organiza el viaje, está claro que los padres están de acuerdo.

Mientras Valeria está metiendo varias camisetas, el bikini y las chanclas en la mochila, piensa que tal vez todo es una locura. Aun siendo todos bastante deportistas, caminar más de 20 kilómetros al día durante dos semanas es un esfuerzo enorme. Y aunque no lo dice, ella no está segura de alcanzar ese objetivo como los demás compañeros.

Valeria mira en ese momento un póster que tiene en su habitación del tenista Rafa Nadal. Entonces recuerda la grave lesión del deportista mallorquín que casi terminó con su carrera. Y también cómo luchó y trabajó duro para volver a ser el número uno del mundo.

«Ya sé que yo no tengo que ser la mejor ni impresionar a nadie. Tengo que esforzarme, claro, pero sobre todo disfrutar del viaje. Solo quiero pasarlo bien con mis amigos», piensa mientras prepara también sus botas y una gorra para el sol.

Y aun sabiendo que en las últimas semanas sus sentimientos por su novio han sido un poco raros, también piensa:

3 Álex: Preparados, listos, ¡ya!

Solo tres días después de empezar las vacaciones de verano, Álex ya está bastante emocionado porque tiene muchas ganas de empezar la aventura del Camino de Santiago.

Todos sus compañeros de parkour y su profesora se encuentran muy temprano en la estación de autobuses.

Antes de subir al autobús, los chicos reciben un último beso de sus padres. Pocos minutos después ya todos están sentados en sus lugares en dirección a León, adonde van a llegar casi cuatro horas más tarde. La primera etapa empieza en esa ciudad y no es muy larga, precisamente por el viaje en autobús para llegar allí.

Durante el trayecto, Belén aprovecha el tiempo para repetir algunas reglas, como por ejemplo, el uso del móvil, solo para hacer fotos. Todos están de acuerdo: solo van a conectar sus teléfonos a la red una hora al día, después de llegar al nuevo destino. Saben que estar desconectados durante tanto tiempo no va a ser fácil, porque normalmente usan sus móviles un montón de horas cada día. Pero también Belén admite que para ella no va a ser sencillo:

—Estamos aquí porque queremos hacer algo diferente, disfrutar de una nueva experiencia en común y tener tiempo para pensar en nuestras vidas. Y por supuesto que podéis sacar fotos, pero no quiero que las subáis en el momento a las redes sociales.

—Claro, no en ese momento, pero podemos hacerlo más tarde, ¿no? —pregunta Álex para estar seguro.

—Sí, sí… Y también podéis llamar a vuestros padres durante esa hora, no quiero que estén preocupados por vosotros —contesta Belén.

—¡Yo creo que no nos van a echar de menos, seguro que están tan contentos! —dice Lucas, mientras todo el grupo se ríe.

Antes de empezar el Camino, sacan una foto todos juntos al lado de la señal que muestra cuántos kilómetros faltan hasta Santiago de Compostela: 306.

Como es el primer día, todos los chicos están muy contentos e incluso después de dos horas, todavía no están cansados. Por suerte, no hace mucho calor y el tiempo y los kilómetros pasan rápido mientras charlan y hacen bromas. Cuando hacen una pausa para comer, Belén les pregunta cómo están:

—Chicos, todavía nos faltan más o menos seis kilómetros para llegar a nuestro destino de hoy. ¿Qué tal por ahora?
—Muy bien, ya sabes que somos muy deportistas… —responde Álex.
—Es que tenemos una profesora de Educación Física muy buena, ¿sabes? —dice Lucas, que quiere ser gracioso de nuevo.

Más o menos a las cinco de tarde, los chicos llegan por fin a su meta, Villadangos del Páramo, el lugar donde pasan su primera noche juntos en el Camino de Santiago.

4 Pedro: La primera noche en el Camino

Aunque normalmente los chicos van en pequeños grupos, por casualidad, Pedro camina solo los últimos metros antes de llegar al albergue. En esos momentos recuerda el principio de curso en el nuevo instituto, adonde llegó debido a la mudanza de su familia a la ciudad el verano pasado.

En solo un año, toda su vida ha cambiado. Ahora ya no vivía en Mallorca, sino en Madrid; sus padres ya no estaban desempleados, sino que tenían un trabajo seguro. Y eso era realmente lo importante. Por suerte, había estado en Palma para celebrar la Nochevieja y el Año Nuevo con sus amigos, pero allí ya todo era diferente. Aunque echaba de menos la isla, a Pedro también le gustaba su nueva vida en Madrid, especialmente por una persona. Y por supuesto, esa persona estaba en el grupo.

Después de ducharse, los chicos descansan un rato antes de cenar todos juntos en el comedor del albergue.

Según el plan, la mitad del grupo prepara la comida y la otra mitad se encarga de recoger y lavar los platos. Cuando todo está listo, los siete chicos y su profesora se sientan en la terraza del albergue y charlan sobre el primer día de Camino. Por suerte, a ninguno le duelen los pies y todos se sienten bien, así que Belén les habla ya de la etapa del día siguiente:

—Hoy hemos tenido un trayecto un poco más corto por el viaje en autobús, pero mañana tenemos una etapa un poco más larga. Por suerte aquí no hay montañas, así que podemos caminar más de 25 kilómetros en un día.
—Aquí en Castilla el problema más grande es el sol —comenta Valeria.
—¡Exacto! Tenemos suerte porque estos días no hace mucho calor —contesta Belén— pero sé que a vosotros os gusta el deporte y la aventura. Por eso estáis aquí, ¿no?

Poco después, y mientras Álex, Lucas y Claudia practican un poco de parkour en el parque que hay detrás del albergue, Pedro piensa en sus razones para estar allí. Él, el último chico en llegar al grupo, no se apuntó a la excursión por hacer deporte. Tampoco por vivir una experiencia diferente. La verdad es que Pedro solo se apuntó a la actividad extraescolar de parkour por estar con esa chica, la chica en la que no podía dejar de pensar desde su primer día de clase en el nuevo instituto.

5 Antía: El segundo día de Camino

Exactamente como el resto del grupo, Antía se despierta a las siete de la mañana para salir temprano y evitar así las horas de más calor. Después de un desayuno saludable con mucha fruta, Antía se siente fuerte para seguir y alcanzar por la tarde Astorga, la meta para el segundo día de Camino.
Como tienen ritmos diferentes, los chicos caminan normalmente durante un rato largo en grupos más pequeños, de dos o tres personas, a veces incluso solos.
A Antía le encanta caminar al lado de Valeria, su mejor amiga desde pequeñas, pero a veces también disfruta yendo sola. Es una buena forma de pensar en sus cosas, ya que desde hace algunos meses ella tiene muchas dudas sobre su futuro. Después de caminar durante una hora con Valeria y su novio Álex, Antía hace una pequeña pausa para coger agua en una fuente mientras los otros dos siguen su camino. Poco después sigue, pero ya no ve a ningún compañero cerca y aprovecha para ir sola y pensar en sus planes después del instituto. Cuando Antía era pequeña y hasta el curso pasado, todo parecía sencillo. En su casa todos lo tenían claro. Tanto su padre como su madre (además de su abuelo) eran médicos, así que el destino profesional de Antía parecía claro.
Pero ahora todo ha cambiado. Ya con 16 años, Antía ve la vida de otra forma. Hace unos meses descubrió su pasión por el canto, y ahora escucha todos los días las canciones de Rosalía y mira todos sus vídeos en Internet.
Muchas tardes, cuando está sola en casa, Antía canta y se imagina que también ella puede ser algún día como su ídolo, a la que tanto admira. Tampoco ella lo tuvo fácil. Cuando tenía más o menos su misma edad, Rosalía se apuntó a un casting de un programa de televisión y no la eligieron. Pero ella no se rindió y luchó hasta conseguir el éxito.

Antía sabe que sus padres nunca van a poder estar orgullosos de alguien que trabaja en el mundo del espectáculo, pero Rosalía es su inspiración, un modelo a seguir. Como es muy modesta, piensa que ella no es tan talentosa como su ídolo, pero sí sabe que es muy trabajadora. Y con esfuerzo casi todo es posible, ¿no?

Completamente despistada con sus sueños, Antía llega de última al albergue de Astorga, donde la esperan sus compañeros:

—¡Por fin has llegado! —le dice su amiga Valeria y le da un abrazo— Te acabo de escribir un mensaje al móvil, pero imagino que no lo has visto, ¿verdad?

—¡Claro que no! Ya sabes, los teléfonos deben estar desconectados durante todo el día, por lo menos en el Camino... —responde Antía con una sonrisa.

6 Berto: Objetivo: Cruz de Ferro

Después de una segunda etapa bastante larga, los chicos disfrutan de su tarde en Astorga, donde aprovechan para comprar sus famosas mantecadas, muy populares en toda España.
A todos los chicos les encantan, pero cuando Berto las prueba, se enamora completamente y quiere conseguir la receta sea como sea. Después de devorar casi un paquete, se acuerda de los pasteles peruanos de su madre.

Berto vive con su mamá, su hermano mayor y su hermana pequeña en Madrid, pero su familia es de origen peruano. Sus padres llegaron a España cuando él solo tenía 4 años y su papá murió diez meses después, poco antes de nacer su hermanita.
En aquel tiempo, Berto era muy pequeño, pero recuerda cómo su vida cambió para siempre. Al principio todo fue muy difícil y no tenían mucho dinero. Pero su madre era una gran luchadora y la familia salió adelante gracias a su trabajo y esfuerzo.
Muy pronto su hermano mayor también tomó responsabilidad en casa y, además de estudiar mucho, consiguió un trabajo los fines de semana para apoyar la economía familiar. Desde ese momento, Diego fue un hermano ejemplar para Berto, un modelo con el que identificarse.
Al día siguiente, durante la tercera etapa, Berto también tiene tiempo para pensar en esa y otras cosas que pasan por su cabeza.
Por la tarde, cuando ya falta poco para llegar a su destino, muy cerca de Cruz de Ferro, Berto escucha algo raro. Entonces ve como, unos

100 metros delante de él, Álex y Valeria discuten a toda voz. Aunque no puede entender lo que dicen, evidentemente ambos tienen un problema grave.

Poco después, todos los chicos llegan al lugar donde está la cruz. Álex y Valeria no abren la boca, pero Belén, muy alegre, quiere hacer de nuevo una foto con todo el grupo.
Cuando por fin los siete amigos y su profesora llegan al albergue de Foncebadón, todo parece mucho más tranquilo.
Pero Berto no es ciego y lo ve muy claro. Se nota que Valeria tiene los ojos rojos por llorar durante un buen rato.

7 Claudia: «No pain, no gain»

También Claudia ve que Álex y Valeria están enfadados después de la discusión y que puede ser algo serio. Y, aunque casi se siente un poco mal por reaccionar y tener ese sentimiento, la verdad es que se alegra un poco. Sin embargo, ella no habla con nadie del tema.
Como casi todos los días, las chicas comparten una habitación con Belén y los cuatro chicos duermen juntos en la habitación de al lado. Cuando ya está en la cama, Claudia trata de dormir, porque sabe que al día siguiente les espera a todos un trayecto bastante largo hasta Ponferrada, pero no consigue relajarse. Por un momento imagina que Álex rompe con Valeria, que ambos terminan su relación, y su corazón se pone todavía más nervioso. Aunque es secreto y nadie lo sabe, ella está enamorada de Álex desde hace casi dos años, mucho antes del principio de la relación entre este y Valeria.
La mañana del cuarto día empieza con dolores y problemas en los cuerpos de los chicos. Después de los primeros kilómetros, aparecen ya las agujetas y algunos necesitan tiritas en los pies, sobre todo si las botas son nuevas. Belén trata de levantar un poco el ánimo del grupo, que parece que está un poco hecho polvo.
Claudia también tiene agujetas, pero en su corazón también hay alegría porque nace una nueva esperanza.

Después de caminar durante varias horas bajo un calor tremendo, poco antes de llegar a Ponferrada, los chicos hacen una pausa todos juntos para beber un poco de agua en una fuente. De nuevo Belén intenta mejorar el ambiente del grupo con frases de ánimo:

—¡Vamos, chicos! Según mi experiencia, el tercer y el cuarto día son los peores. ¡No podemos rendirnos ahora! En solo media hora llegamos a nuestra meta. En el albergue de hoy hay una piscina, ¡así que vamos a poder relajarnos allí toda la tarde!

Pero para algunos de los chicos los problemas más graves no se encuentran en el cuerpo, sino en el corazón. Y para esas lesiones la solución no es tan fácil como una tarde en la piscina o una sencilla tirita.

8 Lucas: Conversaciones entre amigos

La tarde en la piscina del albergue de Ponferrada es para todos un pequeño premio después de superar los primeros 100 kilómetros de Camino. También Lucas disfruta y aprovecha el tiempo para descansar y escribir una postal a su hermano mayor. Toni tiene síndrome de Down, por eso Lucas lo considera un hermano especial y lo quiere muchísimo.

¡Hola, Toni! 27 de junio

¿Qué tal? Te escribo desde Ponferrada, después de cuatro días de Camino. Mañana seguimos caminando hasta Villafranca del Bierzo. Si todo va bien, en ocho días llegamos a Santiago.

Aun siendo duro, hacer el Camino es una experiencia increíble y me gustaría hacerlo contigo en el futuro. ¡Seguro que te va a encantar!

Dale un beso grande a mamá y papá.

Un abrazo de tu hermano,

Lucas

Al levantarse al día siguiente ya hace un calor tremendo. Aunque los chicos empiezan a caminar juntos, pronto forman grupos. Lucas va casi todo el tiempo con Álex y los dos hablan durante esta etapa de un montón de cosas, pero sobre todo de problemas con las chicas.

Desde hace muchos años Lucas es el confidente de Álex y por eso conoce muy bien a su mejor amigo. Aunque Álex finge estar bien, él sabe que en realidad no es así. Su relación con Valeria no está en el mejor momento, pero la verdad es que Álex está muy enamorado. Ambos caminan sin ver al resto de sus compañeros durante casi todo el día. Los chicos caminan los 23 kilómetros hasta llegar a Villafranca bajo un cielo azul y con una temperatura de casi 40 grados.
Cuando Lucas y Álex llegan por la tarde a su destino, Belén y las chicas ya los están esperando con Berto en la terraza del albergue. Al escuchar sus voces, Belén se levanta. Cuando solo ve a los dos amigos, la profesora está un poco sorprendida.

9 Belén: ¿Perdido?

Cuando los chicos dicen que no saben dónde está Pedro, Belén, la profesora y responsable del grupo, se pone muy nerviosa:

—¿Alguien sabe dónde está Pedro?

Pero todos están callados y nadie contesta.

—¡Os lo he dicho mil veces! ¡Caminad siempre en grupos, nunca solos!

Muy rápido, saca su móvil de la mochila y desconecta el modo avión. Belén escucha como entran varios mensajes, pero ninguno de ellos es de Pedro. Entonces mira si tiene alguna llamada perdida, pero pronto ve que no es así.
Con bastantes nervios Belén le pregunta al recepcionista en el albergue:
—¡Hola, perdona! Venimos en grupo, ¿sabes si ha llegado ya un chico que se llama Pedro Soto? Es un joven de 16 años, bastante alto, moreno, con el pelo corto...
—Sí, tranquila, ese chico ha estado aquí. Me imagino que tú eres...
—Soy Belén, su profesora. Entonces, ¿Pedro está bien?
—¡Perfectamente! Por lo menos hace una hora estaba bello como una rosa. Toma, ha dejado esta nota para ti y se ha ido —dice el hombre, de buen humor y muy amable, mientras le da a Belén una hoja de color marrón.

Belén toma el papel y lo lee mientras presta atención a todos los detalles del texto. Al terminar, coge su móvil y sale del albergue sin decir nada al resto del grupo.

Los otros chicos, que todavía están tomando algo en la terraza, ven a su profesora que se va a una esquina para hablar por teléfono. Como está bastante lejos, el grupo no puede escuchar la conversación ni saber con quién está hablando. Los chicos ven que Belén asiente con la cabeza, se sienta en un banco, se levanta de nuevo, mueve los brazos y las manos, vuelve a asentir, y todos se miran sin comprender qué está pasando.
Después de un rato, la profesora se acerca al resto del grupo. Aunque quiere disimular, todos ven que no está para nada tranquila.

—¡Prestad atención, chicos! Pedro está bien.
—¿Está perdido en el Camino? —pregunta Valeria también bastante nerviosa.
—No, no... ¡Tranquilos! He hablado con él y con sus padres y todo está bien. Mañana temprano salimos para O Cebreiro, por fin vamos a llegar a Galicia.
—¿Y Pedro? ¿Qué pasa con Pedro? —pregunta de nuevo Valeria a Belén.

10 Valeria: «Benvidos a Galicia!»

A la mañana siguiente, sabiendo que es una de las etapas más duras y largas del Camino, el grupo comienza a caminar muy temprano.
Aun saliendo puntuales de Villafranca y con un tiempo fantástico, todos los compañeros se sienten un poco raros, especialmente Valeria, que está bastante preocupada.
Los chicos todavía están muy sorprendidos por la desaparición de Pedro, pero también por la forma de reaccionar de Belén. La profesora les comunicó en un par de frases la decisión del chico de no seguir con ellos sin darle mucha importancia.
Durante toda la mañana, el grupo no habla de otra cosa. Belén es la única que no quiere comentar el tema y les pide que sean solidarios con su compañero.

—Pedro necesita estar solo y nosotros tenemos que respetarlo —les dice la profesora a los chicos después de salir de Villafranca.
—Pero ¿qué pasa con ese tío? ¿Es idiota o qué? —pregunta Álex de muy mal humor.
—¡Por favor, Álex! Vuestro amigo ha tomado una decisión, sus padres están de acuerdo y yo no os puedo contar más —contesta Belén.
—Ya, pero nos deja plantados aquí, en medio del Camino de Santiago... —dice Claudia para apoyar a Álex.
—Pedro es un buen tío. Seguro que tiene muy buenas razones para desaparecer así —comenta Berto.
—Yo no comprendo nada... Ayer por la mañana él y yo caminamos juntos y hablamos durante casi dos horas —les cuenta Valeria, que piensa que sobre todo Álex reacciona de forma muy dura.

Valeria recuerda las dos horas de conversación estupendas en las que los dos chicos hablaron sobre un montón de cosas. Charlaron sobre el futuro, también sobre el sueño de ambos de trabajar como voluntarios en una fundación en América Latina después del instituto, de cómo luchar contra la discriminación de las familias desfavorecidas, del primer amor...

—¿Y no notaste nada raro? —pregunta Belén sorprendida.

—No lo sé... La verdad es que no sé si estaba raro —contesta Valeria, aun pensando que, por lo menos ella, sí notó algo especial en esa conversación.

Después de llegar por fin a Galicia, muy cansados y con casi 28 kilómetros en las piernas, el grupo llega a O Cebreiro. Allí, en el albergue, una mujer muy simpática los saluda en gallego:

11 Álex: ¡Buen camino!

Después de una etapa muy dura con un final muy raro, los chicos salen de O Cebreiro con una persona menos, debido a la desaparición de Pedro.
Al salir del pueblo, Álex ve la señal que muestra que ya solo faltan 151 kilómetros para llegar a Santiago. Desde allí, las vistas sobre las montañas son realmente espectaculares y piensa que es un lugar perfecto para hacer una foto con su novia.

—¡Valeria, ven! Vamos a sacar una foto, ¡este paisaje es impresionante!

Pero Valeria, de mal humor, no tiene ganas, piensa que Álex es un pesado y responde:

—¡Lo siento, pero no estoy de humor para fotos!

Mientras Álex se queda paralizado con el móvil en la mano al lado de la señal, Valeria se acerca a Antía y las dos caminan juntas en dirección al Alto do Cebreiro. Es entonces cuando de repente aparece Claudia. Con una sonrisa le dice a Álex que a ella le parece una idea estupenda sacar la foto. Sin esperar una respuesta, coloca su brazo izquierdo detrás de la espalda del chico y con la mano derecha hace un selfi con su móvil.
Poco después, todo el grupo está ya en el punto más alto del Camino de Santiago en Galicia, a 1300 metros de altura. Pero Álex no puede disfrutar del paisaje. Está muy enfadado y no deja de pensar en su novia Valeria, que desde hace días está muy rara con él.
Antes de llegar al destino del día, Triacastela, un campesino bastante mayor y muy simpático les desea a todos el típico «¡Buen camino!».
El señor, que se parece un poco al mago Merlín, le ofrece a Álex una manzana superrica.

El chico le da las gracias al campesino y sigue su camino hasta el albergue.

Después de ducharse, Álex intenta hablar con Valeria, pero está claro que ella no tiene mucho interés en pasar el resto de la tarde con su novio. Una vez más, es Claudia la que aparece con una puntualidad increíble para dar un paseo y charlar un rato con Álex. Aun sintiéndose al principio un poco triste, Álex pronto olvida su situación con Valeria y pasa un par de horas geniales con Claudia.

Antes de dormir, ya en la cama, el chico no puede evitar pensar durante un rato largo y se hace una pregunta:

—¿Qué es lo que estoy buscando realmente?

12 Pedro: Camino de rosas

No ha sido una decisión fácil, pero Pedro sabe que necesita estar solo. Necesita pensar, sin ruido a su alrededor y espera que los otros comprendan algún día por qué él ya no puede caminar con ellos a Santiago de Compostela.

Estando solo, recuerda una frase que siempre decía su abuela: «La vida no es un camino de rosas». Y ahora comprende mejor que nunca que ella tenía razón, que en un momento u otro, todos tenemos problemas, y que la vida no siempre es fácil. Lo importante es no rendirse. Levantarse y seguir luchando.

Él conoce bien esta situación después de vivirla en carne propia.

Y ahora, de nuevo, se encuentra en un momento complicado en su propio camino. Pero esta vez es más fuerte, más maduro, más responsable. Y todo gracias a su historia familiar: porque tuvo que empezar desde cero en otra ciudad y luchar por encontrar su sitio en este grupo de compañeros de instituto.

Pedro sabe que es un chico afortunado. Ahora las cosas son diferentes y no quiere cometer errores. Por eso es mejor estar solo, lejos del grupo, para tomar la decisión correcta sin hacer daño a nadie.

Solo, sin sus amigos, puede estar tranquilo y tiene tiempo para pensar. Y lo hace, durante horas y horas, porque a veces el corazón elige a alguien y no se puede pelear contra los sentimientos. También sabe que debe tener valor, ser valiente.

Pedro está completamente seguro. Puede sonar un poco cursi, pero es verdad. No se trata de un ligue de verano. Él sabe que la quiere con locura. Y a veces en la vida hay sentimientos que es imposible cambiar.

13 Antía: Las cosas claras

Aun siendo verano, la segunda semana en el Camino del grupo empieza con mal tiempo. Cuando Belén y sus seis alumnos salen del albergue de Triacastela en dirección a Sarria está lloviendo bastante y hay pocos peregrinos en la primera parte del trayecto. Estando en Galicia, ninguno se sorprende por este tipo de tiempo. Por suerte, pocos minutos después deja de llover y sale el sol de nuevo.

Álex y Claudia caminan juntos delante del grupo, Belén va detrás con Berto y Lucas. Antía camina con Valeria, porque sabe que su mejor amiga la necesita. Su relación con Álex está fatal y Valeria está pasándolo realmente mal. Las dos chicas se separan del grupo y charlan:

—Mi relación con Álex no tiene sentido, es evidente que ya no nos queremos —le dice Valeria a Antía y casi se echa a llorar.

—Bueno, en una relación es normal que haya problemas de vez en cuando... ¿Estás segura? —le pregunta Antía.

—Sí, lo estoy. Y no es algo de hoy, o de estos días de excursión. Los sentimientos por una persona no cambian de un día para otro. Y yo llevo pensándolo ya varias semanas... —contesta Valeria.

—Pues yo creo que él todavía está muy enamorado de ti —le dice Antía.

—No lo creo. Quizás todavía no está tan seguro, pero también ve que las cosas no están bien. Ahora pasa mucho tiempo con Claudia, y si ella está ayudándolo con esta situación, me alegro —comenta Valeria.

—Es verdad, los dos están casi siempre juntos, quizás porque tú no quieres caminar con él. No se trata de tener compasión, pero seguro que el pobre se aburre... —dice Antía

—No es eso. Yo creo que él está pasándolo mal también —admite Valeria—. Álex no es un pasota, es un buen tío y creo que también sabe que esta relación no tiene futuro.

—Si lo ves así, puede ser... —contesta Antía—. Yo no soy una pitonisa, pero no creo que Claudia y él...

—¿Quién sabe? Sea como sea, está claro que él y yo tenemos que hablar para terminar ya con esta relación —dice Valeria muy seria.

—Sí, es mejor hablar y dejar las cosas claras —admite Antía.

Cuando por la tarde todo el grupo llega a su destino en Sarria, Valeria sabe que tiene que hablar esa misma noche con Álex. Aun siendo duro, los dos tienen que aceptar que todo tiene un final. Y el de su relación ya ha llegado.

14 Berto: «Ayllu»

Como los demás chicos del grupo, Berto está muy sorprendido por todos los cambios de los últimos días. Primero la desaparición de Pedro, que de repente ha dejado el grupo y la excursión de fin de curso en medio del Camino de Santiago. Y ahora, la nueva noticia, que al salir temprano de Sarria ya todos saben: Álex y Valeria han roto después de una relación de casi un año.

Muchas cosas están cambiando. Y parece que el Camino está poniéndolas en un nuevo orden.

Estos días, también él está pensando mucho en su futuro. Por suerte sabe que su apoyo más necesario, su familia, siempre va a estar a su lado. «Ayllu», es decir «familia» en quechua, la lengua de su madre, es para él lo más importante.

El próximo curso en el instituto es muy importante para él, porque las notas del último año deciden qué carrera puede estudiar en la universidad. Trabajando duro y estudiando un poco todos los días, Berto puede alcanzar su objetivo. Aun sabiendo que no es fácil, quiere sacar una buena nota para poder estudiar Ingeniería informática en Madrid.

Gracias a su hermano Diego, la situación económica en casa es un poco mejor, pero a Berto no le importa trabajar los fines de semana para ganar también un poco de dinero. Su hermana pequeña solo tiene 12 años y él no quiere ser una carga para nadie. Además, hay ayudas del Estado, así que va a hablar con su familia después del Camino para contarle sus planes. Su mamá va a estar muy orgullosa de su decisión y va a ayudarlo en su camino para convertirse en ingeniero.

Después de pasar varias horas solo, cuando ya casi están llegando a la meta del día de hoy, Belén se acerca a Berto y camina con él los dos últimos kilómetros:

—¿Está todo bien? Pareces muy serio... —le dice Belén a su alumno.

—Sí, todo perfecto –responde Berto—. Con este Camino no solo voy a llegar a Santiago de Compostela, sino que también voy a tomar decisiones importantes en mi vida.

—De eso se trata, Berto, hacer el Camino se trata exactamente de eso —dice Belén, mientras ya los dos pueden ver a lo lejos el albergue de Portomarín.

15 Claudia: El chico ideal

Después de unos días con muchas emociones, los chicos se alegran de saber que ya están muy cerca de Santiago de Compostela. Además, todos están contentos porque hasta ahora no han tenido lesiones graves y ya solo faltan cuatro días para llegar a la meta. El sol y el buen tiempo sonríe al grupo cuando salen de Portomarín en dirección a Palas de Rei.

Claudia está de muy buen humor porque en los últimos días ha pasado mucho tiempo con Álex. Y con él, el tiempo vuela.

Esta mañana Álex empieza a caminar con Lucas, su mejor amigo, y Claudia hace los primeros kilómetros de la etapa ella sola. Entonces tiene tiempo para pensar.

Desde que los chicos entraron en Galicia, han pasado muchas cosas: Pedro, el chico tranquilo y tímido del grupo, ha desaparecido sin decir la razón. Belén no les ha explicado nada a los chicos, todo bastante secreto… Valeria ha reaccionado de una forma muy rara a la desaparición y solo quiere estar con Antía, su mejor amiga. ¿Quizás ha pasado algo entre Valeria y Pedro que los otros no saben? Luego, la gran sorpresa: Álex y Valeria han roto su relación. Y para ella nace una nueva esperanza… La esperanza de estar con Álex.

Claudia está enamorada de él desde hace mucho tiempo y sabe perfectamente que Álex es el tipo de chico que ella busca. Ella necesita un novio que la entienda, que la escuche. Quiere a su lado a una persona que tenga sus mismos gustos, que sea responsable, deportista, pero también que sea alegre y positiva. Y Álex es exactamente así.

En ese momento, mientras Claudia está pensando en su chico ideal, Álex aparece a su lado con su mochila a la espalda, y le habla de muy buen humor:

—¡Hola! Hoy has empezado con ganas, ¿no? ¿Ya no me esperas?
—¡Por supuesto! —responde Claudia con una sonrisa— Cuando salimos estabas con Lucas. Es normal que necesites hablar con tu mejor amigo... Sobre todo ahora...
—Sí, Lucas es un apoyo muy grande para mí. Pero mi mejor amiga también está siéndolo en los últimos días —dice Álex mientras la mira a los ojos.

Sin saber qué pensar, Claudia mira también a Álex. Por un lado, se alegra porque está claro que él se siente bien con ella. Por otro lado, se ha referido a ella como «mejor amiga». Pero antes de responder, se acerca Belén. Entonces Álex cambia totalmente de tema y los tres empiezan a hablar de sus intereses musicales. Después de caminar todo el día, cuando el grupo llega al albergue a Palas de Rei, Claudia ya no aguanta más y se acerca a Álex para decirle en voz baja:

16 Lucas: Una chica especial

Aun sabiendo que la etapa entre Palas de Rei y Arzúa es una de las más largas del Camino, con más de 28 kilómetros de trayecto, los chicos se levantan con una motivación enorme. Todos saben que en solo dos días van a llegar a Santiago, así que el esfuerzo de salir temprano del albergue cuesta esa mañana un poquito menos.
Lucas toma su credencial de peregrino y ve que ya está casi llena. Este pasaporte demuestra que los peregrinos han pasado por las diferentes ciudades y pueblos y que han caminado hasta llegar a la catedral. Presentando esta credencial en Santiago los peregrinos reciben «La Compostela», el documento oficial que certifica que han hecho el Camino.

Lucas está muy orgulloso de sí mismo y está deseando llegar a Santiago. También tiene ganas de contar en casa todas sus experiencias, mostrar a sus padres y a su hermano Toni las fotos del Camino. Aun dedicándole mucho tiempo a Álex y a sus problemas con Valeria, Lucas está disfrutando de la excursión con todo el grupo. Su mejor amigo lo necesita y él siempre está ahí, apoyándolo, pero por suerte parece que ya está un poco mejor… ¿quizás también gracias a Claudia? Lucas no está seguro, pero lo importante es que Álex está contento de nuevo. Tal vez el Camino está cambiando la vida de todos.
En su caso, desde hace unos días está prestando más atención a una de las chicas del grupo. Es verdad que no lo hace a propósito, pero está mirándola todo el rato y él mismo se sorprende bastante de

hacerlo. Lucas se conoce bien, sabe que necesita una chica especial, alguien que sea inteligente, a la que le gusten la música y las fiestas, y que sea una buena amiga.
Pocos kilómetros antes de llegar a su destino de hoy, Belén ve una heladería en una plaza de un pueblo que se llama Melide, y propone hacer allí la última pausa del día. Como hace mucho calor, todos los chicos piensan que es una idea fenomenal. Así que se sientan en la terraza, mientras un camarero los saluda:

—¡Hola, chicos! ¿Qué os traigo?
—¡Qué guay! ¡Yo quiero un helado de fresa y chocolate, por favor! —pide Claudia de primera.
—¡Yo también! —dice Álex mientras levanta la mano.
—¿Qué sabores tenéis? —pregunta Berto.
—Bueno, tenemos casi todos los sabores típicos, pero nuestro helado más vendido es el «peregrino», de menta con relleno de chocolate —les comenta el camarero con una sonrisa.
—¡Ese, yo quiero ese! —dice Lucas inmediatamente.

Mientras descansan y toman sus helados, los chicos charlan y ríen a toda voz. Entonces, Antía, que está sentada delante de Lucas, se acerca a él con su cuchara en la mano y le pregunta:

Por supuesto, Lucas no puede decir que no a una chica tan especial. Quizás sus impresiones de los últimos días no significan nada. O tal vez sí...

17 Valeria: ¡Ya muy cerca de la meta!

Valeria observa a su mejor amiga Antía mientras come el helado de Lucas y sonríe y piensa que los dos hacen buena pareja. Después de la pausa, los chicos llegan a Arzúa, ya a solo 40 kilómetros de Santiago.

En las últimas etapas del Camino, los albergues están un poco más llenos y se encuentran con muchos peregrinos, algunos jóvenes, pero también gente mayor. También hay bastantes grupos y algunas clases con sus profesores o equipos de deporte con sus entrenadores. Realmente en el Camino hay muy «buena onda», como dice a veces Berto.

Después de ducharse, todos cogen por fin sus móviles sin olvidar las reglas sobre su uso.

Valeria sube entonces a sus redes sociales una de las fotos del día y escribe una frase. Algunos amigos, familiares e incluso personajes un poco famosos que también siguen su cuenta le escriben casi inmediatamente algunos comentarios.

¡Ya muy cerca de la meta! •••

SaraB ¡Genial, estoy muy orgullosa de ti, hija! ¡Ánimo de parte de tus padres, mi amor!

↳ **Valeria01** Gracias, mamá 😊 ¡Un beso también para papá!

RaúlP ¡Impresionante! ¡Mucha suerte y BUEN CAMINO! 😉

↳ **Valeria01** ¡No me lo puedo creer! ¡Qué alegría recibir este mensaje! ¡Un millón de gracias! 😊

Carlaxyz ¡Venga! Ya queda poco, Valeria… ¡Tú puedes!

↳ **Valeria01** Gracias, prima 😊 ¡Y feliz día de tu cumpleaños! Besos ❤

Chema16 ¡Mola mucho, Valeria!

↳ **Valeria01** Está escribiendo…

Like Comment Share

Después de contestar algunos mensajes, Valeria busca el perfil de Pedro, pero, una vez más, ve que él no ha colgado fotos o comentado otras publicaciones durante los últimos días. Sin saber bien por qué, Valeria decide llamarlo, pero después de solo unos segundos desconecta su teléfono.

Le gustaría contarle que ella ya no está con Álex, que sintió algo especial cuando los dos estuvieron juntos en el Camino… Pero al final piensa que, si Pedro se ha ido, es porque necesita estar solo, porque no quiere estar con sus compañeros. Tampoco con ella.

18 Álex: Los secretos del Camino

El penúltimo día de Camino tiene como destino O Pedrouzo, a menos de 20 kilómetros de Santiago.

Álex se encuentra ya mucho mejor. Caminar solo y pensar en Valeria le ayuda a admitir que terminar la relación es lo mejor para los dos. Durante los últimos días ha pasado mucho tiempo con Claudia y con ella se siente muy bien, pero todavía es demasiado pronto para saber si en el futuro puede pasar algo entre los dos.

Esa mañana, los chicos no salen temprano de Arzúa. Pero no respetar el plan y ser un poco impuntuales no es grave esta vez, porque el trayecto en la penúltima etapa no es tan largo como otros días. Además, aun estando ya muy lleno el Camino, ellos no tienen que preocuparse porque tienen reservas en el albergue de O Pedrouzo.

Álex camina por la mañana con Lucas. Conociendo tan bien a su mejor amigo, sabe que está un poco raro:

—Lucas, parece que te pasa algo. ¿Estás bien? —le pregunta Álex.
—Sí, claro, tal vez un poco cansado, solo eso... ¡Ya tengo ganas de llegar a Santiago! —responde Lucas mientras intenta disimular.
—Tío, yo te conozco, y tú hoy estás muy callado... Llevas toda la mañana con los cascos en las orejas. Sabes que soy tu mejor amigo y que me puedes contar cualquier cosa. Puedes confiar en mí. Igual que tú has sido siempre mi confidente y me has ayudado un montón con todo lo de Valeria... —le dice Álex muy serio.

—Lo sé, gracias... Sabes que tenemos mucha confianza, pero es que no estoy seguro... —duda Lucas.
—¿Es por Antía? He visto que conectáis muy bien —comenta Álex.
—Bueno... Creo que me gusta un poco, sí... —admite Lucas, aunque le da un poco de corte.
—Lo comprendo, de verdad, porque Antía es una tía muy maja —le dice Álex.
—Es verdad, y también muy guapa... —añade Lucas—. Ah, y ya sabes, por favor, a los otros ni una palabra de todo esto, ¿vale? Que luego empiezan los cotilleos...

Mientras los dos amigos caminan y siguen hablando, se acercan por detrás Berto y Claudia, pero Álex y Lucas no los escuchan.

Exactamente en ese momento llegan a su lado Berto y Claudia, que han escuchado perfectamente las últimas frases de los dos amigos. Inmediatamente, Lucas cambia de tema y los cuatro amigos charlan sobre qué van a hacer en Santiago.
Horas más tarde, ya en su cama en el albergue de O Pedrouzo, muy cerca de Santiago de Compostela, Lucas sueña toda la noche con Antía.

19 Belén: ¡Por fin en la Catedral de Santiago!

El último día del Camino empieza con un tiempo estupendo. Hace sol y un cielo azul da los buenos días a los chicos cuando dejan el albergue en O Pedrouzo en dirección a Santiago. En esos momentos, todos ellos se sienten un poco raros. Por un lado, se alegran un montón de llegar por fin a la meta, pero por otro lado también se sienten un poco tristes por terminar una experiencia tan especial.

En esta etapa del Camino hay mucha gente, incluso grupos de personas que solo caminan los últimos kilómetros a Santiago en una excursión de un día, pero el ambiente es fenomenal.
Cuando llegan al Monte do Gozo, a solo cuatro kilómetros de Santiago, todos observan desde allí las impresionantes vistas de la ciudad con la catedral en el horizonte.
Después de sacar algunas fotos, el grupo continúa hacia Santiago y Belén camina sola mientras piensa en las dos últimas semanas.

Por supuesto, está muy satisfecha porque el viaje ha ido muy bien y no han tenido muchos problemas con las lesiones. Está contenta porque los chicos han crecido personalmente en su viaje a Santiago y son más maduros gracias a esta experiencia.
Después de hablar muchas horas con Berto, sabe que él ahora está seguro de que quiere estudiar Ingeniería Informática al terminar el Bachillerato. Él tiene muy buenas notas y puede lograrlo, así que en Madrid va a hablar con su madre y su hermano.
Valeria es una chica muy fuerte, quizás la más madura del grupo. Ella y Álex han roto, pero tal vez eso es lo mejor para ambos. Además, Belén tiene la impresión de que los dos van a seguir siendo buenos amigos. Y Álex parece que ha encontrado en Claudia a alguien especial... El tiempo dirá qué pasa con ellos...

Lucas está tan impresionado con esta experiencia que ya está deseando hacer de nuevo el Camino con su hermano Toni. Y parece que también está bastante impresionado con Antía, a la que mira todo el rato con ojos enamorados...
Precisamente Antía es quizás la chica que todavía tiene más dudas, porque todavía no sabe qué hacer después del Bachillerato. Su familia quiere que estudie Medicina, pero a ella le gustaría dedicarse a la música. ¿Cuál va a ser finalmente su

decisión? ¿Y qué va a pasar con Lucas? Porque ella también lo mira a veces con una gran sonrisa…

Después de sacar una foto con la señal del nombre de la ciudad, los chicos entran en Santiago y la euforia crece en ellos con cada paso. Mientras caminan por las calles del Casco Viejo, ven un montón de restaurantes que ofrecen productos típicos de Galicia, también tiendas con recuerdos para peregrinos. Cuando se acercan a la Plaza del Obradoiro, Belén piensa que también para ella el Camino ha sido de nuevo una experiencia excelente. En ese momento, Belén se acuerda también de Pedro, el único chico del grupo que no está con ellos. Cuando ya pueden ver la Catedral y faltan muy pocos metros para entrar en la plaza, los chicos cantan y ríen emocionados, muy contentos de llegar por fin a la meta.

Entonces, todos forman un círculo en el centro de la plaza y miran al cielo, mientras algunos de ellos lloran de la emoción. En ese momento, a pocos metros, todos escuchan una voz conocida:

20 Pedro: ¡Ultreia!

Cuando los chicos reconocen la voz de Pedro, que vuelve a gritar con los brazos abiertos «¡Ultreia!», apenas pueden creerlo. Esa palabra es el saludo que usan los peregrinos del Camino de Santiago desde hace siglos para darse ánimos y significa «Vamos más allá», «Sigue adelante».

El grupo abre el círculo y Pedro se coloca entre Valeria y Belén. Los chicos se dan abrazos y comienzan a saltar y a bailar mientras dicen todos juntos a toda voz la palabra «¡Ultreia!», una y otra vez, orgullosos y felices por estar por fin en la meta.

Los compañeros de Pedro se alegran mucho de verlo de nuevo, después de varios días sin tener noticias sobre él.

—¡Gracias, chicos! Me alegro mucho de estar otra vez con vosotros —dice Pedro.

—¿Estás bien? —le pregunta Belén— Eso es lo más importante...

—Sí, estoy mejor. Gracias por permitirme continuar sin el grupo. De verdad que necesitaba estar solo —le dice Pedro a su profesora.

—Gracias a tus padres, que hablaron conmigo por teléfono y me mandaron su permiso por correo electrónico. Ellos te conocen bien y saben que eres responsable y maduro para hacer el Camino solo.

Mientras habla, Valeria lo mira todo el rato, pero sabe que Pedro todavía no se ha enterado de que Álex y ella han roto.
Los chicos todavía forman un círculo con sus brazos. Mientras las miradas de Antía y Lucas se encuentran por un lado, Claudia y Álex también se miran con una sonrisa cómplice por el otro. Entonces, Belén habla de nuevo a todo el grupo:

—Chicos, estoy realmente muy orgullosa de vosotros. El viaje no ha sido siempre fácil, hemos sufrido en algunas etapas, y ahora nos duelen las piernas, pero somos más fuertes. Sé que en las últimas semanas han pasado muchas cosas, todos habéis vivido cambios importantes.
Espero que esta experiencia os muestre hacia dónde va vuestro camino.

—En mi caso sí que es así. Ahora estoy segura de que quiero dedicarme a la música. Quiero cantar y espero que mis padres entiendan que no voy a estudiar Medicina —les dice Antía, que casi llora de la emoción.

Todos los chicos colocan a Antía en el centro del círculo y celebran con aplausos su decisión. Poco después, y ya más tranquilos, los chicos dejan las mochilas sobre el suelo y se sientan para disfrutar de este momento tan especial. La Plaza del Obradoiro está bastante llena, y varios grupos de peregrinos ya hacen cola para entrar en la Catedral. Algunos chicos aprovechan para sacar fotos o para beber algo, y entonces Berto se acerca a Pedro. Valeria, de pie en el centro de la plaza, observa que Berto le dice algo a su amigo en voz baja. Solo un minuto después, Pedro se acerca a Valeria, la mira a los ojos y le dice:

—El Camino me ha enseñado que vale la pena ser valiente. Que debo decir lo que pienso y siento. Por eso me gustaría decirte que...

Pero Pedro no puede terminar su frase, porque Valeria le da un abrazo y un beso allí mismo, en el centro de la plaza.

Vocabulario

Der Lernwortschatz **¡Apúntate! 4**, *Unidad 4* ist mit einem Sternchen* gekennzeichnet.

Symbole und Abkürzungen:

etw.	etwas	*jd*	jemand
fam.	familiar (*umgangssprachlich*)	*jdm*	jemandem
gal.	Gallego (*galicisch*)	*jdn*	jemanden
inf./Inf.	infinitivo (*Infinitiv*)	*sust./S.*	sustantivo (*Substantiv*)

A

a la mañana siguiente am folgenden Morgen
a lo lejos in der Ferne
a menos de auf weniger als
a toda voz* laut
aburrirse* sich langweilen
actual *adj.* aktuell, derzeit
adelante fortfahren, weitergehen
admirar algo / a alguien* etw./jdn bewundern
admitir* etw. anerkennen, eingestehen
adonde* *pron.* wohin, wo
afortunado/-a glücklich
agujetas *pl.* der Muskelkater
el **albergue** die Herberge
la **alegría*** die Freude
alguno/-a irgendein
allá dort
el **ambiente** die Umwelt, die Umgebung
ambos/-as beide
el **ánimo*** der Mut
el **Año Nuevo*** das Neujahr
el **aplauso** der Applaus
apoyar algo / a alguien* etw./jdn unterstützen
asentir con la cabeza* (i → **ie**) nicken
asentir (i → ie) zustimmen
aun + *ger.* sogar

B

el **banco*** die Bank
bastante ziemlich
bello/-a schön
Benvidos! *gal.* Willkommen!
las **botas** die Stiefel

C

cambiar* sich verändern
el/la **campesino/-a*** der Bauer, die Bäuerin
el **canto*** der Gesang
la **carpeta** die Mappe
la **carrera*** die Karriere
el **casting** das Casting
el **centro** das Zentrum
certificar bescheinigen
la **chocolatina*** der Schokoriegel
ciego/-a* blind
el **círculo** der Kreis
la **compasión*** der Mitgefühl
comunicar kommunizieren
con locura* wie verrückt, wahnsinnig
conectar verbinden
el/la **confidente*** der Vertrauter, die Vertraute
considerar algo / a alguien algo* etw./jdn für etw. halten
contar con algo/alguien* (o → ue) auf etw./jdn zählen
continuar weiterlaufen
la **conversación,** las **conversaciones** *pl* das Gespräch
el **corazón,** los **corazones*** *pl.* das Herz
correcto/-a richtig, korrekt
el **correo (electrónico)** die E-Mail
costar (o → ue) schwerfallen
la **credencial de peregrino** der Pilgernausweis
la **cruz,** las **cruces** *pl.* das Kreuz
cursi* kitschig
el **curso** das Schuljahr

D

dar los buenos días guten Morgen sagen
darle las gracias a alguien (por algo)* jdm danken (für etw.)
darse ánimo* aufmuntern
de un día para otro von einem Tag auf den anderen
de verdad im Ernst
dejar plantado/-a a alguien* jdn hängen lassen
del montón* gewöhnlich, Durchschnitts-(+S.)
demasiado pronto zu früh
deportista *adj.* sportlich

desaparecer (c → zc) verschwinden
la **desaparición** das Verschwinden
desconectar el modo avión den Flugmodus ausschalten
la **descripción** die Beschreibung
desde cero (empezar)* bei null anfangen
desear algo a alguien* jdm etw. wünschen
desempleado/-a (estar) arbeitslos
el **detalle*** das Detail
la **dirección (del instituto)** die Leitung (des Instituts)
la **discriminación*** die Diskriminierung
disimular* etw. verbergen
el **documento** das Dokument
la **duda*** der Zweifel

E

echar de menos algo / a alguien* etw./jdn vermissen
ejemplar* beispielhaft, vorbildlich
El tiempo dirá* Die Zeit wird zeigen.
elegir algo / a alguien* (e → i) etw./jdn auswählen
en común* gemeinsam
en plan* wie, als wenn
en voz baja mit leiser Stimme
enamorado/-a de alguien (estar) verliebt in jdn (sein)
enamorarse de alguien/algo* sich in etw./jdn verlieben
el **esfuerzo*** die Anstrengung, die Mühe
la **etapa** die Etappe
la **euforia** die Euphorie
evidente offensichtlich

F

el/la **familiar*** der/die Familienangehörige
fantástico/-a fantastisch
la **fecha** das Datum
¡Feliz día (de...)!* Alles Gute (zum ...-Tag)
el **fin de curso** das Schuljahresende
finalmente endlich, schließlich, am Ende
fingir + *inf.** vorgeben zu + *Inf.*
la **frase*** der Satz
la **fresa*** die Erdbeere
la **fuente** die Quelle

G

grave *adj.* erst, schlimm
gritar schreien
el **gusto*** der Geschmack

H

hacer buena pareja zusammenpassen *Paar*
hacer cola anstehen
hacer un selfi ein Selfie machen
hasta + *inf.** bis
el **hombre** der Mann
el **Horizonte** der Horizont
identificarse con alguien* sich mit jdm identifizieren

I

el/la **idiota*** der/die Idiot/in
el **ídolo*** das Idol, Vorbild
la **importancia*** die Wichtigkeit
impresionante* beeindruckend
impresionar a alguien* jdn zu beeindrucken
impuntual* unpünktlich
la **Ingeniería Informática** die Informatikwissenschaften
el/la **ingeniero/-a*** der/der Ingenieur/in
inmediatamente sofort
la **inspiración, las inspiraciones*** *pl.* die Inspiration, Anregung
el **interés** das Interesse

L

La vida no es un camino de rosas. Das Leben ist kein Zuckerschlecken.
la **lesión, las lesiones*** *pl.* die Verletzung
levantar algo* etw. heben
el **ligue*** der Flirt
la **llamada perdida** der verpasste Anruf
llamar a la puerta anklopfen
la **locura*** die Verrückheit
el/la **luchador/a*** der/die Kämpfer/in

M

maduro/-a reif
el/la **mago/-a** der/die Zauberer/in
la **mantecada** typisches Gebäck aus Asturien
maravilloso/-a* wunderbar
me encantaría Ich würde sehr gern
la **menta*** die Minze
mi amor* mein Schatz
la **mirada cómplice** der komplizenhafte Blick
el **modelo*** das Modell, Vorbild
modesto/-a* bescheiden
el **modo avión** der Flugmodus

moreno/-a dunkelhaarig
la **motivación** die Motivierung
el **mundo del espectáculo*** das Showgeschäft
musical musikalisch

N

ni una palabra de todo esto kein Wort davon
No pain, no gain. Ohne Fleiß kein Preis.
la **Nochevieja*** der Silvesterabend
notar, se nota* man merkt
el/la **número uno (del mundo)** die Nummer eins (der Welt)

O

oficialmente offiziell
la **oficina** das Büro
orgulloso/-a de algo/ alguien* (estar) auf etw./jdn stolz (sein)

P

parecerse algo / a alguien* (c → zc) etw./jdm ähneln
la **parte*** der Teil, die Seite
el **pasaporte** der Pass
pasar por la cabeza durch den Kopf gehen
el/la **pasota*** *fam.* jemand, dem alles gleichgültig ist
pelear* streiten, zanken
el/la **penúltimo/-a** + *sust.* der/die/das vorletzte + *S.*
perdido/-a* (estar) verloren (sein)
el **personaje*** die Persönlichkeit, Figur
personalmente persönlich
peruano/-a* peruanisch
la **pitonisa*** die Wahrsagerin
precisamente* ausgerechnet, gerade
el **premio*** der Preis, die Auszeichnung
preocupado/-a* (estar) besorgt (sein)
Preparados, listos, ¡ya! Auf die Plätze, fertig, los!
prestar atención* aufpassen, achten
proponer algo etw. vorschlagen
el/la **próximo/-a** + *sust.* der/die/das nächste + *S.*
la **publicación, las publicaciones*** *pl.* die Veröffentlichung
pues also
puntual* pünktlich
la **puntualidad*** die Pünktlichkeit

Q

el **quechua*** Quechua Sprache
querer a alguien (e → ie) etw./jdn mögen, lieben
quizás vielleicht

R

Rafa Nadal spanischer Tennisspieler
reaccionar* reagieren
realmente* wirklich, eigentlich
la **receta*** das Rezept
reconocer algo / a alguien* (c → zc) etw./jdn erkennen, wiedererkennen, *auch* anerkennen
la **regla** die Regel
la **relación,** las **relaciones*** *pl.* die Beziehung, das Verhältnis
relajarse* sich entspannen
el **relleno*** die Füllung
rendirse* (e → i) aufgeben
repetir algo* (e → i) etw. wiederholen
responder algo a alguien* jdm etw. antworten
romper con alguien* mit jdm Schluss machen
Rosalía spanische Sängerin

S

salir adelante* weiterkommen
saludar jdn grüßen
se puede man kann
seguir algo / a alguien* (e → i) etw./jdm Folgen
el **segundo** die Sekunde
la **señal** das Schild
sencillo *adv.* einfach
sentado/-a* (estar) sitzend
el **sentimiento*** das Gefühl
el **síndrome de Down** das Down-Syndrom
solidario/-a* solidarisch
sonar* (o → ue) klingen
sorprendido/-a* (estar) überrascht (sein)

T

talentoso/-a* talentiert
la **temperatura** die Temperatur
el/la **tenista*** der Tennisspieler, die Tennisspielerin
el/la **tío/-a*** *fam.* der/die Alte
trabajador/a* *adj.* fleißig

tranquilamente* ruhig

tratar(se) de + *inf.** sich um etw. handeln, um etw. gehen

U

Ultreia Vorwärts! Weiter!

V

valer la pena sich lohnen

valiente* tapfer

el **valor*** Mut

vendido/-a* verkauft

la **verdad** die Wahrheit

verdadero/-a* echt, wahr

la **vista*** der Blick

la **voz,** las **voces** *pl.* die Stimme

¡Apúntate! 4

El otro Camino

Manuel Vila Baleato

Kopiervorlagen
David Alonso Muñiz

Redaktion
Úrsula Ávalos León

Illustrationen
Rafael Broseta

Umschlaggestaltung
werkstatt für gebrauchsgrafik, Berlin

Layout
Orangerie grafikdesign, Berlin

Technische Umsetzung
Straive

Hörbuch
Tonaufnahmen: Lucentum Digital
Sprecherin: Carmen Rubio

Unter go.cornelsen.de/codes gibt es zum kostenlosen Download:
– das Hörbuch zu *El otro Camino*
– passende Arbeitsblätter.
Gib einfach folgenden Webcode ein: **vexado**

www.cornelsen.de

1. Auflage, 2. Druck 2026

Alle Drucke dieser Auflage sind inhaltlich unverändert und können im Unterricht nebeneinander verwendet werden.

Druck: H. Heenemann, Berlin

ISBN 978-3-06-122758-6

PEFC
PEFC/04-31-1156

PEFC-zertifiziert
Dieses Produkt stammt aus nachhaltig bewirtschafteten Wäldern
www.pefc.de